一首诗的诞生

洪三河 著

黄河出版传媒集团
宁夏人民出版社

图书在版编目（CIP）数据

一首诗的诞生 / 洪三河著. -- 银川：宁夏人民出版社，2022.12
ISBN 978-7-227-07749-7

Ⅰ．①一… Ⅱ．①洪… Ⅲ．①诗集－中国－当代 Ⅳ．①I227

中国国家版本馆CIP数据核字(2023)第002253号

一首诗的诞生		洪三河 著
责任编辑	赵学佳	
责任校对	闫金萍	
封面设计	百悦兰棠	
责任印制	宋 华	

黄河出版传媒集团
宁夏人民出版社 出版发行

出 版 人	薛文斌
地　　址	宁夏银川市北京东路139号出版大厦（750001）
网　　址	http://www.yrpubm.com
网上书店	http://www.hh-book.com
电子信箱	nxrmcbs@126.com
邮购电话	0951-5052104　5052106
经　　销	全国新华书店
印刷装订	廊坊市海涛印刷有限公司
印刷委托书号	（宁）0025400
开本	880 mm×1230 mm　1/32
印张	8.5
字数	150千字
版次	2023年2月第1版
印次	2023年2月第1次印刷
书号	ISBN 978-7-227-07749-7
定价	58.00元

版权所有　侵权必究

目录 CONTENTS

第一辑 故园之恋

桉树林开花了……………………………………… 3

致蜜蜂…………………………………………… 4

南方的雨季……………………………………… 5

雷州的腊月……………………………………… 7

收获……………………………………………… 9

稔子,紫色的梦………………………………… 11

秋季的展望…………………………………… 13

这些年 我不曾离开故乡……………………… 15

儿时 故乡的月亮……………………………… 17

儿时 仰望星空………………………………… 19

故乡四月……20
饥饿的阳光……22
怀念祖母……24
八月的雨丝……27
故乡即景……29
家乡的绿……30
听母亲唱歌谣……31
番薯·八月的故乡……33
石磨……35
石碓窟……36
石猪槽……37
童谣六首……38
农事二十四节气……41
红蓝绿的交响乐……57
元宵节说圆……61

第二辑 尘世之咏

螺岗岭（一）……65
螺岗岭（二）……67
红树林……68
海上落日……69
海岸线……70
沉默的小草……71
古雷州背影……72

| 目录 |

我的甜蜜的梦…………………………………… 74
我追逐着晚霞…………………………………… 76
给图书馆………………………………………… 78
时间……………………………………………… 80
我们这一代……………………………………… 82
转眼就看见世界………………………………… 83
自然情韵………………………………………… 85
夏雨·暴风……………………………………… 87
理想的航标……………………………………… 89
红树林——大海的卫士………………………… 91
母性红土………………………………………… 92
四季如秋………………………………………… 94
蝴蝶飞过大海…………………………………… 95
一条河流的出路………………………………… 97
傍晚 我一个人散步…………………………… 98
一个人在冬天的边缘徘徊……………………… 99
苍穹上那弦弯月………………………………… 100
喜欢拿雪说事的人……………………………… 101
把前程畅想成一条河流………………………… 102
放飞畅想………………………………………… 103
旷野之爱………………………………………… 105
这人间四月天…………………………………… 107
劳动最神圣……………………………………… 109
我的梦里水乡…………………………………… 112
今宵风急雨冷…………………………………… 115

像秋叶一样的世事 …… 116
这个季节需要一些云彩 …… 118
这个年纪的诗篇 …… 119
一大群鸟在天上飞翔 …… 121
乌木之寒光 …… 122
记忆的碎片（外二首） …… 124
小小飞燕 …… 127
微笑——写在2008年北京奥运会期间 …… 128
仰望廉石 …… 130
谒清风亭 …… 132
咏青竹林 …… 134
长江之歌 …… 136
一首诗的诞生 …… 138
我所熟悉的和陌生的 …… 139
遇事　我总与自己商量 …… 140
雷州地貌 …… 141
初心不改 …… 142
灯楼角 …… 143
盐田 …… 144
箂古 …… 145
珊瑚礁 …… 146
退潮了 …… 147
秋冬之间 …… 149
蓝色的诗笺 …… 151
海的幽灵 …… 153

北部湾 …………………………………………… 154

涨潮 ……………………………………………… 156

第三辑　人间之爱

山妹子 …………………………………………… 161

多情的海湾 ……………………………………… 163

南方　出嫁的女郎 ……………………………… 164

姑娘，请不要 …………………………………… 166

我把爱情交给鸟儿传递 ………………………… 168

把握不住的"永恒主题" ………………………… 170

亲爱的　你是……我是………………………… 172

农历五月歌 ……………………………………… 173

英年早逝者挽歌 ………………………………… 174

我常常心存忧虑 ………………………………… 176

我的年届九十的父亲走了 ……………………… 178

沉痛悼念李瑛老师 ……………………………… 181

浓稠的月光 ……………………………………… 183

怀念一棵荔枝树 ………………………………… 184

千年瑶寨 ………………………………………… 185

大山情 …………………………………………… 186

梅关情 …………………………………………… 189

悬崖边 …………………………………………… 190

大足石刻之美 …………………………………… 192

平遥古城 ………………………………………… 194

活力高新，魅力家园——江门高新之歌·············· 196
诗意重庆（组诗）······························ 197
诗人的爱恨·································· 199
大海之恋···································· 200
三月的哀思·································· 202

第四辑　家国之情

红星······································ 207
枪杆子里面出政权···························· 209
星火燎原·································· 210
共和国丰碑——礼赞深圳莲花山小平雕像·········· 212
一个人与一个祖国——庆祝中华人民共和国成立六十周年····· 213
一个人与一个政党···························· 214
中华人民共和国七十华诞（四首）················ 217
鲤鱼墩人·································· 219
遂溪奉诏建孔庙······························ 224
文明港城　大美湛江·························· 227
毛竹的高度································ 232
井冈山革命烈士陵园·························· 233
茨坪毛泽东旧居······························ 234
井冈山革命博物馆···························· 235
日常生活（组诗之一）························ 236
日常生活（组诗之二）························ 240
日常生活（组诗之三）························ 242

日常生活（组诗之四）·················· 244
江河入海赋·························· 246
与大海相伴·························· 248
镶嵌在祖国大地的璀璨················ 249
大湾区的天空······················· 251
港珠澳大桥畅想······················ 253
等待······························· 255

后　记······························ 257

故园之恋

第一辑

桉树林开花了

桉树林开花了,
醉了九十九座荒山……
风也醉了,
飘着舞着告诉蜜蜂:
"来吧,有花酒、
甜蜜……"

蜜蜂乐了,来了,
结成彩云一片……
满山桉花挤在它们的脚下,
挤久了,浓缩了,
化作蜜糖……

致蜜蜂

春风把花丛交给你,
花蕊中留着你勤劳的足迹。
早晨,你第一个叩开花蕾,
傍晚,你最后向花朵告辞。

春风来了,你在酿蜜;
春风走了,你还在酿蜜。
你不一定享受四季的花,
却向四季奉献香甜的蜜。

南方的雨季

南方的雨季
驾着春风而来
骑着闪电而来

于是
南国便从冬眠中醒来
叙述着又一个春天的故事
村巷里,孩儿们蹦蹦跳跳
踩着泥浆,把天真和野性尽情挥霍
姑娘和小伙且卸下浪漫
挽起裤脚,把欢愉借给春燕
在二月的田野里播下甜蜜

父辈们抖出祖传的家什
重复着古老的吆喝
把信念注入犁尖
播种春天的诗行

于是，在南方
再读不到板结和龟裂
读不到属于南方的荒凉
和南方的忧郁

雨季在南方顿足
在红土地上流连
于是，南方开始大胆构思
于是，红土地铺开了奇特的诱惑
…………

雷州的腊月

雷州的腊月是凉爽的日子
消释着千百个太阳投下的炎热
那曝光的炎夏
使雷州人的形象显得苍白和呆滞
腊月则摄下了雷州人
清晰的形象和脸的红润

雷州的腊月有大胆的构思
构思着从流放地上耸起的希冀
腊月的雷州可读到新奇

历史在这里展开崭新的一页
雷州人是蜜蜂的家族

默默地酿造甜蜜
默默地奉献甜蜜
默默地享受甜蜜

雷州的腊月是一首叙事诗
叙述着雷州最新最美的故事

收获

让沉重的犁
犁过板结的土地吧。

我咸涩的汗水
在沉默地做着金色的梦。
日与夜在交替循环,犁和笔在轮流值班。
手上的犁变得轻巧敏捷,手中的笔却那样沉重迟钝。

生活的风雨
吹不灭我深夜的灯光。

磨利了犁尖以后,
我再磨笔,蘸着湿润的黎明……
一片绿野,一张白纸,
在同时写我的青春。
从风雨走向太阳,

我喜爱我多彩的人生。
我没有沉默,
犁尖和笔尖正在共鸣。
辛勤地耕耘播种,
孕育着沉甸甸的收成。

稔子，紫色的梦

山稔子熟了吗
山稔子啥时熟呀
我拉着妈妈的衣角
重复着这些话

等到秋天吧
秋天来时
满山的稔子就熟啦

哦，秋天呢
妈妈
告诉我吧
秋天在哪里呀

秋天驮在大雁的翅膀上
秋天堆在十月的晒场上
秋天藏在香甜的果子里

不哩，妈妈
秋天在我的心里啦

不要哼那古老低沉的催眠曲了
不要惊醒我那紫色的梦呀

秋季的展望

岁月在季节那边沉落
沉落了飘逸的想象
候鸟叼走了装饰的季节
大地陷入庄重缄默的思索

阳光与风雨抚摸过日子
蹦跳着走进金色
走进雕像的逼真和丰满
走进自然与人生的成熟

秋季孕育出很多时髦很多骚动
很多藏不住的秘密遮掩着丰硕
果实泛着太阳的情愫
泛着成熟的目光成熟的心思

秋季的风很柔很甜很醉人
喝醉了少男少女的脸颊

那隆起的生机耸起的诱惑
雕塑着秋的魅力秋的丰腴

这些年　我不曾离开故乡

这些年　我不曾离开故乡
我拽着命运之绳
行尸走肉　浪迹尘世
疲于奔命　泅渡在
念想的海阔流长

这些年　我踏着
弯弯曲曲的乡愁
徘徊在父母炎炎夏日
汗流浃背的身影

这些年　我不曾离开故乡
不曾离开故乡原野萧瑟
烟雨蒙蒙的晚秋
和稻草的芬芳

这些年　我不曾离开祖母

她那漫长而短暂的余生
缓慢地度着鸭脚粟和狗尾粟
卑微而摇曳的命运

这些年　我不曾离开故乡
不曾离开故乡那堆旧时光
和从旧时光里飘出的
稀薄的炊烟

儿时 故乡的月亮

儿时 故乡的月亮
藏着很多神奇的传说 令我神往
包括寂寞冷清的广寒宫 居住在
广寒宫里寂寞难耐舒广袖的美嫦娥
还有捧出桂花酒的吴刚与小白兔
更有那棵永远砍不倒的月桂树 以及
令我望眼欲穿的也不掉下一片的月桂树叶
那是让我家脱贫致富的宝物啊
那时 在明亮的夜晚 我总抬头仰望月空
渴望着月桂树叶沿着月光轻轻向我飘落
然而 故乡的月色 总是飘着浓浓的悲凉
那疑是地上霜的床前明月光 冷冷地
从屋前铺向不远处的灌木丛和原野
饥饿的蝈蝈 哼着悲戚的小夜曲 啃着月光
母亲挥动着镰月 收获着淡淡的忧伤
夜色里 萤火虫 亮出了多舛的命运

故乡的月亮　圆了又缺　缺了又圆
奈何　圆明时短缺时长　圆圆缺缺
又一年　缺缺圆圆年复年
圆也如霜　缺也如霜

儿时 仰望星空

儿时 在祖母的怀里
静静地仰望星空
仰望那颗
最亮最亮的星

祖母手中的蒲扇
轻轻 轻轻地摇
常常把我摇进
甜甜的梦乡

从此 那颗
最光最亮的星星
成了我一生
最美最美的梦想

故乡四月

四月　穿过春意的浪漫
和清纯的诗句　抵达
我搁置在绿野里的幻想
和平平仄仄的心情
故乡便开始令人寻味

阳光热烈地拥抱季节
天空在鸟雀的扇动下
光洁如洗　大地浓郁的芬芳
张扬厚重的底气和思想
回应着天道酬勤

四月的风　伴随着
花开的声响犹如天籁之音
故乡的情绪开始浓烈起来
铺张宽阔而悠长的意境
流泻成季节天然的图腾

故乡　四月的深处
花香在膨胀　发泄
生命辉煌绽放的喧响
演绎故乡悠远的想象
和沉甸甸的梦想

故乡的四月
我四月多情的故乡
在岁月里朦胧
在记忆中清晰

饥饿的阳光

那是一个被抛弃的季节
日子很惨白很长很干瘦
瘦如一条长长的绳索
结成母亲解不开的愁绪

阳光浑浊　如泪如血
铺开山村厚厚的荒凉

山稔花开得淡漠
土地板结成梨不开的石头
我拽着母亲长长的叹息
母亲的篮子装着满满的苦涩

八月的炊烟很软很细
母亲的叹息很沉很长
泪水伴野菜煮着难煮的岁月
煮我童年的悲伤母亲的艰辛

那个被抛弃的季节
那种如泪如血的阳光
在岁月中朦胧
在记忆中清晰

怀念祖母

当我来到这个世界
你的日子已很短很短
犹如祖父留下的那根
熏得浑黄浑黄的烟枪

在你很短很短的日子里
荒野因烈日而枯黄
大地因板结而龟裂
那凄切的蝉鸣录走了
你教给我的所有
没有结尾的童韵

小河不再泛起漪涟
小鸟不再雀跃欢鸣
那棵水瓜的藤蔓
再无力爬上支架
那点缀野花的季节

迟迟不肯降临

当我来到这个世界
你的日子已很短很短
而你的忧郁和愁绪
却很长很长……

小雨是那般
频繁而稀落
总洒不尽你的
抚爱与忧伤
炊烟是那般
消瘦而软弱
总烘不暖你那
饥寒的心腔

苦楝树总抖不掉霜冻
春风总不肯拂过江南
那颗孤寂的寒星
总固执地停留在窗棂上
那弯悬挂在远天的残月
悬挂着一个民族的悲凉

啊　我的祖母
岁月在你的日子里凝固

凝固成你一生中

无法舒展的深深的皱纹

八月的雨丝

八月的雨丝
筛下我八月朦胧的记忆
记忆中的八月充满幽怨
我孤独忧郁的情思

鸭脚粟成熟了
在磨盘里诉说着艰难的岁月
番薯花开得孤寂
铺开故乡淡泊的季节
淡泊的季节染白了祖母的发丝
咽粟糊糊嚼薯藤的日子
雕塑着面黄肌瘦的故乡

八月的雨丝
洗不掉我惆怅的心迹
太阳射不穿云层
大地潮湿而泥泞

发霉的茅草房
困住我野性的天真

鸟儿啼叫着远去
带走我炽热而忧郁的思恋
淡漠的池塘边
钓鱼郎期待着失望

八月的雨丝
曾洒下共和国的悲戚
我记忆中的八月
有我民族血泪淋淋的故事

故乡即景

一轮红日冉冉
几缕清风荡漾
数根绿枝摇曳
三五毛鸡合唱
一口池塘盈盈
丝丝白云倒映

家乡的绿

家乡的绿无处不在
家乡的绿绿得很稠
那漫山遍野是绿的
那些空气也是绿的
那些鸟声也是绿的
那些阳光也是绿的
村民的心也是绿的
而村前的那口池塘
更是绿得闪闪发亮
绿把村子罩得很严
只露出楼宇一线缝

听母亲唱歌谣

母亲唱歌谣的时候
总忘记自己是母亲
把自己当作一名小学生
唱的时候　声音很尖　很亮
甚至把自己唱成一朵小红花

母亲的歌很多　撒满了漫山遍野
她顺手捡一首就唱　唱得很开心　很悲伤

小的时候　我们都不懂事
在母亲的背上又哭又闹
母亲总轮流给我们唱儿歌
我们兄弟姐妹十人　我排行第五
每听到母亲唱儿歌的时候
我们就静静地听　再也不哭不闹
母亲劳作的手就更加灵巧

母亲虽然目不识丁　她的歌谣却内容丰富
涵盖了宇宙万物　天地良心　人间冷暖
她唱太阳　唱大地　唱星星　唱月亮
把我们一个个唱大　唱成一首首诗歌

番薯·八月的故乡

那数不清的叶子　犹如无数把
清一色的小雨伞　悉心呵护泥土的温润
和温润里健康发育的红色的梦想
这低微的梦默默圆着菩萨之心……

在浓密的绿叶间　点缀着莲花状的紫色花朵
清风拂过　隐隐约约　更显神秘与神圣
薯叶吸天地正气　日月精华　孕人间大爱
番薯以慈悲为怀　救苦救难　普度芸芸众生

那不堪回首的年代　饥饿令祖母的脸
忧郁成无法舒展的深深的皱纹　那时
每当我们兄弟姐妹围拢在父亲
用菠萝木制成的那张很窄　很窄
且很破旧的圆桌子吃饭时　我们的
年届八十三岁　白发苍苍的祖母总是蹲在
盛满番薯粥的瓦盆旁边　左手不断地摇着蒲扇

右手掌一把用椰子壳制成的粥勺　不停不歇地
为我们盛着番薯粥　她的额头渗出了汗珠
那番薯粥很稀很稀　稀得能清晰地映照出
我们天真无邪的小脸蛋　也清晰地映照出
祖母爬满皱纹的　带着几分欣慰　几分忧虑的面容

在故乡的高天之下　是我童年魂牵梦绕的
一方厚土　厚土之上　生长着与祖母的叹息一样
绵长的番薯藤蔓　也有我精心砌成的番薯窑
那张着大口的番薯窑啊　像在高喊着饥饿的难忍

故乡的八月　每当火球似的太阳滚向西天
我的番薯窑就会冒出浓浓的火烟　犹如我浓浓的食欲
在被烧得黑里透红的番薯窑里　终于飘出了
阵阵浓香　这充满慈悲与人间大爱的薯香啊
总陪伴着故乡的八月　八月的故乡……

石磨

那时　你总闲不下来
祖母与母亲　更闲不下来

祖母的一生围着你转
母亲的前半生也围着你转

那时　你虽然整天忙忙碌碌
却快活得歌声不断

现在　你终于闲下来了
却闲得如此孤独　悲凉

石碓窟

你曾经默默地　承受
无数次沉重的打击

却始终保持定力
总是默不作声

在漫长的忍气吞声中
累积着自身的价值

你的价值在于
你那深深的内涵

石猪槽

你躺在那里
已经很久很久了

你静静地躺着
在做着不醒的梦

梦见我的祖母了吧
她曾与你厮守一生

她已辞世五十六年了
与你相隔阴阳……

童谣六首

天上星星

《弟子规》,圣人训,
字字句句都是金。
从小学好《弟子规》,
长大必成天上星。

天上星星亮晶晶,
颗颗都在眨眼睛。
你是这颗我那颗,
照得人间光又明。

南海浪

南海浪,浪叠浪,
越叠越高堆成山。

小渔船,像木叶,
飘过山顶多豪爽。

南海洋,宽又广,
接地连天好飞翔。
伙伴们,立壮志,
长大为国保海疆。

布谷鸟

布谷鸟,尾翘翘,
蹲在树上咕咕叫。
叫得田野绿变黄,
叫来叫去一个调。
布谷布谷不叫啦,
田里稻谷归仓了。

蚂蚁　蚂蚁

蚂蚁蚂蚁去哪里,
匆匆忙忙这么急。
扛着食物气喘喘,
成群结队流成溪。

知了 知了

知了知了不知臊,
叽叽啰啰日日叫。
自鸣得意天天乐,
口口声声哼老调。
哼得太阳热辣辣,
哼得大地烦躁躁。

家乡美

雷州半岛我家乡,
三面环海好风光。
昔日人称南蛮地,
如今美名传四方。

农事二十四节气

立春

春从乍暖还寒的意境里
立将起来了
在空蒙蒙的原野漫游
太阳伸出暖绵绵的手
慈爱地抚摸着小草和森林
一只蜻蜓落在草尖上
用早春的甘露洗涤忧伤
突然传来花开的声响
与流泉汇成天籁之音
接受风的邀请
蜜蜂与彩蝶如期赴宴
蜜蜂嗡嗡　彩蝶翩翩
舞动春天

雨水

雨躺下来便是潺潺流水
水声楚楚
万物复苏　草木萌动
天宽地广　鸿雁声脆
远在天边的云团开始挪动
炊烟似的袅袅漫向天际
天空不再瓦蓝
不再伤感和孤独
她与云雾前生有约
牛羊欢叫着涌向草场
通往田野的小径
铺一层薄薄的阳光
此时　只要有一缕风轻轻经过
就可以惊动大面积的绿

惊蛰

苍穹之上
一道银鞭抽过
闹成了惊世动静
首当其冲的是那片片云朵
被吓得紧紧抱成一团
浑身紫黑　情不自禁地

掉下豆粒大的泪珠
注满了小溪池塘
那群隐居蛰伏于草泽的生灵
纷纷抛头露面
用憋了一个冬天的力气说话
近在咫尺的密林有鸠鸟声沁出
声音深沉似源于遥远
尖锐的蝉鸣渗入其中
酿成这个节气不可遏止的
喧嚣与刚性的诗意

春分

春站在公平公正的立场上
将日子均等分割
一半黑一半白
黑白分明　黑得可爱　白得洒脱
黑中缓缓流着凉意
白里轻轻淌着暖流
日子很舒适
在太阳走过的地方
鸟语花香　莺飞草长
嫩芽悄然破土
生命在复苏中渐现刚性
春色于天地间更显辽远

飘荡的白云
在明媚的阳光中
展示浪漫

清明

仲春与暮春之间
夹着宽阔的绿
绿意盈盈
小雨初回昨夜凉
绕篱新菊已催黄
这似乎是一个慵散
而随意的时节
颠着小步来了
溅起绿色的涟漪
此时　踏青者驾涟漪
款款而来
试图把一个
沉重的日子
过得轻松

谷雨

源自古人"雨生百谷"之说

作为春天最后一个节气
正以主角的身份闪亮登场
颇有举足轻重的味道
常与艳阳握手
却与寒气势不两立
玩命地孕育与成长
成了一生的主题
那些浪漫
令你心生厌倦
你期待着
丰满的诗意

立夏

夏季的开始
宣告温度在某个临界点上
持续上升或偶尔下降
草木被阳光抚摸成
从淡绿到深绿到墨绿
雨水均匀地下着
泥土日渐滋润起来
作物的根系无所顾忌地
舒展或延伸着　无意中
与蠢蠢欲动的蚯蚓撞个满怀
那蚯蚓知趣地扭了扭头

顺势溜出了地面
原野霎时间
生动起来

小满

称为小满
多么的恰如其分
因谷物还灌浆着
青涩着　等待盈满与成熟
此时　天地精华融洽着阳光
底气十足　灵气活现
在广袤的田野间浪漫游走
在辽阔的绿色之上舞蹈
那横空掠过的鸟群为之伴奏
把压抑不住的喜悦
翻晒在太阳
底下

芒种

"有芒的麦子快收
有芒的稻子可种"
这便是它的字面意思

以节气与生俱来的名义
诠释"适时"之真义
以及古老中国的农耕戒律
多情　易变　不安分
令这个季节烦躁而劳顿
而那过多的厚实和沉重
也为之捡回了不少
实实在在的
好心情

夏至

意味着夏天
如期到达某个节点上
令人顿生淡淡愁伤
漫长旧日的隆重轮回
这一天　太阳的脚步
跨到了地球的最北端
直抵悠悠北回归线
夏日的正午　有几只
小蝉慢慢地爬上树梢
说出与这个季节
有关的
秘密

小暑

还属于小字辈
充其量还不到火候
它在慢慢地储蓄热量
让其尽快抵达农事
茁壮成长的高度
一截很短的阳光
就是一段漫长的绿
那悄悄扩散的热
就是一片辽阔的夏
一个小小的设想
便是一个
大大的
希望

大暑

正值中伏前后
暑气逼仄而充盈
把炎热提升到了
仲夏的高度
那疯长的热迫退了
辽阔的绿　坦露
沉甸甸的成熟与丰满

一道雷电闪过
便是一场瓢泼大雨
稀释着浓稠的热
使这个季节变得
清爽而
丰硕

立秋

站立着的秋
在辽阔的原野上
漫无目的地游走
雨光明正大地下着
把刚露脸的秋
泼洒得湿漉漉的
那些浓浓的热
被秋一手抹去
而在秋的指缝间
沁出了丝丝凉意
天空变得瓦蓝起来
一群大雁
往南飞

处暑

那些热
终于戛然中止
那些绿
也开始凋零着
苍天之下
铺开了辽阔丰硕
鸟声疏落
大地肃穆
风把天宇
拭得明净
如洗

白露

阳性日虚
阴气渐浓
露凝而白
原野日见冷静
天与地挨得很近
似乎在窃窃私语
那长夜里的丝丝垂爱
令大地滋润而晶莹
成就这个节气的

冰清玉洁
艳丽闪亮

秋分

阴气始盛
雷声缄默
万物归隐
百虫封洞以防寒气
草木渐失往日亮色
溪流瘦成了一根绳索
季节悄然退居二线
暂避世事锋芒
意在夹着尾巴做人
安于卧薪尝胆
以便卷土重来
成就大业

寒露

寒意愈盛
露气逼人
寒露时节
凉爽向寒冷过渡

犹如越过白山黑水
原野萧瑟而苍茫
有鸟声凄厉划过天空
纷扬着落下几根羽毛
大地板结成了
顽固不化的
忧伤

霜降

草木落黄
生长却步
以镜像的方式
生动诠释
人生一世
草木一秋
重现中国农耕时代
季节轮回的
历史渊源
与人间
悲悯

立冬

寒潮如期而至
大面积阴雨天气
呈现烟雨蒙蒙的江南
此时　纬向环流结束
经向环流开始建立
日子的脚步匆促
在朦胧中悄然飘逝
彰显人生如梦
一些期待丰厚而实在
农事变得懒散而松懈
生活成了简短的
叙事与抒情

小雪

寒风为常客
且携霜花雪雨
此时　阳气上升
阴气下降　致天地闭塞
大地沉默不语
万物恹恹而失生机
偶有飞鹰横空掠过
落下几声凄厉

池塘边　钓鱼郎
期待着失望

大雪

公然宣布
历史性的降温事件
世界却不关痛痒
听之任之　习以为常
云朵不知逃到哪里了
抛下了瓦蓝蓝的天空
阳光显得温顺而柔和
令万物趋之若鹜
风常携带磨得
白闪闪的刀子
咄咄逼人

冬至

意味着冬天
历史地抵达这个节点
暂短时光的如期轮回
一些静静守候的风俗
酿成了醉人的愁绪

这一天　太阳的脚步
迈向了地球的最南端
直抵迢迢南回归线
冬日里　有几只
小鸟在树林里鸣叫
尽情表达着
各自的心情

小寒

正值"三九"严寒
梅花傲雪怒放
此时阳气生长
一行大雁向北还
落下的声声哀怨
伴寒风撒向遥远
此刻天地悠悠
苍野如海　寒流如潮
残阳如血　染红了
天际那丝丝云彩
编织成厘不清
理还乱的
乡愁

大寒

滚滚寒潮　抑或

滚滚红尘　滋生

世事绵长人间苦短

冰天雪地　抑或

悲欢祸福　彰显

季节与人生的磨难

此刻　透过世事沧桑

我把目光投向

历史的遥远与

现实的咫尺

落在满园

残荷

红蓝绿的交响乐

> 半岛是一架琴,红蓝绿是琴的三根弦,是谁日夜演奏着美妙动听的交响乐?
>
> ——题记

一

一滴水意味着
一轮红日的诞生
冉冉地　泛着水晶般的光芒
一棵幼苗努力舒展着
撑起一片绿荫　浓浓的
这是在春季里
一滴汗水灌溉的绿
与"春风又绿江南岸"
没有任何血缘关系

在这厚重的绿意中
透视出饱含碱性的纹理
渗润着血质的元素
于叶脉里缓缓流动
流成一条蜿蜒的文脉
季节的内容沉重
那日日重复的太阳
正斜照着流放者的背影
包括寇准　苏轼　秦观　李纲……
他们携来唐宋平仄　东方神韵
丰盈了南方之南的文明

二

大海裸露着野性
豪情满怀地坐拥天南
此时　在飓风的怂恿下　霎时翻脸
平日与之窃窃私语的鸥鹭
恐而退避三分　惧而蹿上浪峰
此刻　波涛汹涌　海接云天
是谁端着大海泼向苍穹
然而　在很多时候
妈祖庙紫烟缭绕　云蒸霞蔚
大海脉脉含情　怜香惜玉
以体贴的温柔抚摸白皙皙的沙滩

白皙皙的脚踝和白皙皙的小腿
白皙皙的脸羞成满天飞霞
北部湾美人鱼般躺着
波光粼粼　似洒落的群星
船舶漏夜赶海　揉碎了南陲星光
曙色中　载回了满船鳞光
迎来了满天霞光

三

那片足够辽阔的绿
是镶嵌在红土上的翡翠
与天空的湛蓝大海的蔚蓝
在日月的见证下　相映成趣
定格为自然的风景
是什么东西在喃喃自语
像是彩蝶与蜜蜂在亲密调情
又似花草悄然盛开的声响
这红土地上的经文啊
这美妙的天籁之音
红土之上
那缕多情的阳光
常与雨滴耳鬓厮磨
烂漫成跨越天堂之梦

四

谁裁一块深蓝
缝在这辽阔的天南
让这里展开无涯的畅想
鸥鸟在波谷间穿越时空
帆船立于浪尖打捞梦想
烈日点燃了万顷波光
这广袤的蓝　放牧着
流云　闪电　星辰
以及深藏的不解之谜
季风伸出无形之手
翻阅南海的前世今生
总翻不开大海藏匿的心思
大海正思念着岸上的绿
总情不自禁地奔向岸　扑向绿
那岸上的绿也频频招手　示爱
看来他们的爱已瓜熟蒂落
要在这春暖花开的半岛上
共筑爱巢　营造温馨和幸福

元宵节说圆

元宵节　一粒圆圆的汤圆
从秦朝滚过来　越滚越圆

家家户户团团圆圆
粒粒汤圆甜甜圆圆

挂在门庭的灯笼红红圆圆
挂在苍穹的月亮亮亮圆圆

富民强国之梦圆圆
人民幸福之梦圆圆

尘世之咏

第二辑

螺岗岭(一)

螺岗岭
在一马平川的
红土地上
是拔地而起的豪气

两千多年前
伏波将军饮马于牛鼻泉①
让战马粗犷地嘶鸣
撼动南越

螺岗岭脚下
武乐溪水潺潺
录制着叮咚石②的
天籁之音

螺岗岭
一颗七色陨石　变幻莫测

收紧了我童年
仰望的目光

注：①汉伏波将军平南越时，途经螺岗岭，饮马于牛鼻泉（从螺岗岭流出的清泉）。②螺岗岭上有两块石头，用锤击之，可分别发出"叮""咚"之音，嘹亮而悦耳。

螺岗岭（二）

把你说成枕头　不像
把你比作面包　牵强
把你歌颂成
横看是岭侧成峰
未免有点夸张
我说你什么都不是
只是红土地上的
一粒长毛的牛皮痣

红树林

潮水退了
北部湾露着
母性的胸脯
挂在脖颈上的
那枚翡翠
随着腥味浓重的风
休闲地摇晃
尽显高贵风采

海上落日

海天间　一道
亮丽风景
演绎海湾
五彩缤纷的日子

曾用一生的辉煌
拉近时空的距离
此刻　正以最后的光芒
引领点点归帆

海岸线

见证大海
地老天荒
看潮起潮落
站成冷静的守望

以母性的胸襟
拥抱海洋
激动的大海
溅起涌泉相报

沉默的小草

沉默的小草
用纤细的叶脉
默默地清点
雨滴和太阳

沉默的小草
以沉默的方式
与万物交谈
伴春风歌唱

沉默的小草
用甘露和阳光
悄悄地渲染
我荒凉的梦想

古雷州背影

朝岁月纵深遥望
历史的背影
泛着黑暗的光芒

古老的荒原之夜
萤火虫划破的黑夜
朝代盛衰成匆匆过客

历史的明镜
清晰着明主与昏君
定格了忠臣与奸佞

一个个受贬的背影
怀揣枉屈和怨恨
浪迹漫漫天涯

从京都到"南蛮"
你以流浪的方式
用脚步悉心丈量命运

携宋词平仄
穿梅岭驿道　孤影
尾大雁之声向南

西风烈　驿道红尘
天茫茫　路在何方
唯有逆风前行

梦里　你长袍宽带
如古风徐徐拂来
唤醒了漫漫长夜

撼动那个朝代的名字
如何融入这片荒原
镌刻在这里的心碑

一些细节无从考究
却长久在心上逗留
雕塑成雷州的背影

我的甜蜜的梦

告别了村前那条小河
告别河滩上童年的脚印
山坡上那紫色的稔子
再不属于我甜蜜的梦

我大步地走出村子
寻找属于我的甜蜜的梦
同伴的呼唤　母亲的叮咛
化作我沉重的脚步声
路途　坎坷曲折
路途　山岗石壁
垒起我坚强信念
阳光和风雨
劳累和艰辛
描绘我多彩人生

我没有忧虑和悲伤

只有前进的快乐和奋斗的欢欣
我没有依恋和思念
只有追求的热烈和开拓的向往

不要怕天地的辽阔
不要怕路途的遥远
我将变成太阳
让普天下留下我的脚印

我骑着太阳远去
追逐着我理想中的梦
我把爱融进太阳的光芒
辐射到地球的每个角落
让人类都在爱中生存

我追逐着晚霞

我追逐着晚霞
追逐着
闯进了一个漫长的夜
夜茫茫　路悠悠
我摸索着向前
一味地跋涉

这是太阳走过的路
留下热量　铺下光明
我充满力量　充满希望
我执着地向前　向前
山高路陡么
让它化作脚下扬起的风尘
劳累艰辛么
让它化作身上抖落的汗

我追逐着晚霞

追逐着
黑夜在我的脚下缩短
希望离我并不遥远
前面就是金灿灿的早晨

给图书馆

天地浓缩在这里
现实和未来浓缩在这里
智慧和才能浓缩在这里
理想和追求浓缩在这里

这里是高山
攀登健儿在这里聚集
这里是崎岖小路
勇敢的人们在这里跋涉

这里是富饶的大海
云集着捕捞的船只
这里是成熟了的秋天
洋溢着收获的喜悦

这里凝固着庄严
这里相会着深思

开拓者在这里挥臂
未来在这里起飞

时间

一

时间被剁成碎片
我被时间剁成碎片
我荣幸我被瓜分
被瓜分我便有更多的生命

二

时间在我心中充满彷徨
时间在我梦中充满狂想
岁月拧成小绳
系着我远去的梦幻

三

日子酿成五粮醇酒
我品出了苦辣甜酸
岁月鼓满风帆远去
泛起梦的泡沫激起向往的浪

我们这一代

以意志的强悍舒展辽阔的抱负
把日子研成粉末揉成缭绕的思索
用青春烈焰焊接历史断层残缺人生
撕一片晨光作帆飘起进军的旗帜
当黑夜模糊一切沉淀一切
我们寻觅着摸索着通往光明的幽径
为回答历史的提问和人生疑问
浏览了所有的古典所有的预言筛选答案

那飘逸的彩云和缕缕阳光是我们放牧的想象
我们盼望世界不再重蹈亘古的路途
我们祈祷历史不再重演往昔的幽幽怨怨
愿辽阔的天宇流动自由的风飞翔欢乐的鸟
愿广袤的大地丽日普照鸟语花香日久天长
我们拨响手中的琴弦催圆共和国瑰丽的梦
我们这一代站成坚定的阵营站成时代的丰碑
我们这一代排成浩荡的队列排成民族的强悍

转眼就看见世界

案台的右侧
悬挂着一张世界全图
我　转眼就看见世界
地球被一览无余

哦　世界说大也大
说小也太小
常常瑟缩在我的眼底

几回回　我凝视着
这小小的寰球
思索一些永恒的主题

那错综交集
弯曲绵长的线条
可是人类家园的恒久的笆篱

那色彩各异
大小悬殊的版块
可是生长自由幸福的土地

而世界东方的那块开阔的赭色
便是雄鸡啼鸣的祖国
这是一片沐浴黎明
蒸蒸日上的天地

自然情韵

在阡陌一隅
阳光隐藏在薄云里
绿叶滑落着晶莹

太阳终于露脸了
在一片墨绿丛间
传来拔节的脆响

小鸟重温往日的情调
花儿把芬芳撒到风中
季节被渲染得有声有色

蜜蜂陶醉了
倒在花姑娘的闺房里
嗡嗡地重复一生的欲望

彩蝶洋溢着早春的情绪

以性感的舞姿挑逗异性
寻找着别样的情趣

小溪一路颠着小跑
以前进的方式成长
追求另一种方式的永生

大海铺开绿色绸缎
海鸥用翅膀流畅地剪裁
在给天空制作一件盛装

湖泊虽清纯如镜
面对垂柳的挑逗
也忍不住情绪波动

夏雨·暴风

夏雨

不要冬天的寒风
也不要春天的温情
我心灵自有炽烈的电闪
在黎明到来的时候
江河在等待我
大海在等待我
在一切航船搁浅的地方
我迈着轻快的脚步
带着狂喜的泪泉
用巨浪昭示航程
我蔑视沙滩的诱惑
谢绝山崖的奉承
不要峡谷的接吻
堤坝的拥抱

我的目标在远方
太阳在我心中闪耀
在我亮晶晶的瞳仁里
世界有如珍珠般闪亮

暴风

不要怀疑我
我不是灾难
我走过的地方
没有弥漫的云雾
没有死寂的沉闷
没有尘埃和枯枝败叶
只留下辽远湛蓝的天空
可以放牧不羁的想象
我的步履是
生命复苏的喧响
我自豪却不矜持
我狂暴却不狂妄
我的身后是苏醒的队列
是新生命崛起的阵营

理想的航标

航标,我理想的航标啊,
你那么遥远又似在我的心上。
你是我心里无形的箭镞,
又是一束灼人的火光。

从此我永远盯着前方,
在人生的旅途艰难地远航,
让劳累和困乏化作泡沫,
在我意志的桨橹下消亡……

航标啊,
我生命的火光,
给我热能,
给我胆量。
旋涡和暗礁我看清了,
就不怕狂风骇浪。

勇敢的海燕已在浪尖飞翔,
我生命的帆也插上了翅膀,
我驮着沉重的责任向前,
却比海燕还轻松欢畅。

想起你呵,
我理想的航标,
我满载着勇气和力量。
彼岸并不遥远,并不朦胧,
好像已靠近我的心港。

红树林——大海的卫士

看到你　便看到
威严站立的战士
忠诚地守卫着
这南海秀丽的疆域

潮落潮起
你沐风浴浪
坚守的姿态
丰满而靓丽

把信念扎入苦涩
站成强悍的威仪
在你的身后
是一片明媚和宁静

母性红土

在历史深处
我强忍难言之痛
瞭望南方
母性红土　在
烈日的熬煎中
苦苦地呻吟

红土　雷州之母
千百年来
满面愁容
独守凄凉
严寒与酷暑　无情地
锁着你涌动的春心

春天的脚步
谁也无法阻挡

啊　母性红土
熬过漫长的寒暑
伴随你的是
春雨与艳阳

此刻你以母性的柔情
涌动的春心　孕育着
半岛的春色
此刻你以母性的博大
深情的芳心　承载着
南方绿的梦想

四季如秋

阳光热恋着的原野
秋就这样不着边际地黄了

布谷鸟的喊声彰显古色古香
与众多的梦呓美妙成异曲同工

这里,四季轮回,轮回四季
太阳的颜色胜似秋色

大雁,凄美地划过瓦蓝的天空

蝴蝶飞过大海

大海碧波汹涌
望无际涯
时有风雨雷电
浪接云天

父亲说
蝴蝶飞过大海
我疑惑
蝴蝶能飞过大海吗

由此我想起
风花雪月
蜂儿嗡嗡
彩蝶翩翩

我细观那蝶翼的纹路
多像宇宙的图腾

我静听那振翅的声响
犹闻远古的风暴

那灵动的纷飞
呈现逐浪的姿态
那流畅的弧线
驾浪尖穿越海天

一条河流的出路

河床的宽窄　深浅
乃至坎坷曲直　约束着
一条河流的出路　作为
河流　她的生命在于奔跑
义无反顾　她的出路
是远方的海洋

然而　一条真正的河流
她绝不会走捷径　她选择
崎岖曲折跌宕起伏的路途
在辽阔的大地上　轰轰烈烈地
前行　奏一路撼动天地
雄伟壮美的凯歌

傍晚　我一个人散步

傍晚　我一个人散步
心无旁骛　受用这一天中
难得的清闲　四肢如植物的根系
在一场雨后的泥土里　惬意地舒展
此刻　一阵风徐徐拂来
抚摸着一片枝繁叶茂

傍晚　我一个人散步
从告别落日　到暮色渐浓
我并不觉得孤单　寂寞和恐惧
因为在我的周围　有我朦胧的影子
有茂密的呵护我的丛林　更何况
人生是靠一个人走出来的

一个人在冬天的边缘徘徊

一个人　在冬天的边缘徘徊
怀着满腔的爱怜与忧患　不忍
目睹那枯枝　落叶　和悲凉　以及
冰冻的土地　绳索一样的溪流
蚯蚓般蠕动　喊出微弱的忧伤

一个人　徘徊在冬天的边缘
怀揣　人世间的梦想　内心
涌动着滚滚春潮　把阳光　雨露
和花香　植入严寒的沃野
让遍地春色　节节生长

苍穹上那弦弯月

苍穹上那弦弯月
古典地悬着,悬成
物理学最玄妙的部分

苍穹上那弦弯月
发出那抹柔软的光
是诗人最真挚的伤感

苍穹上那弦弯月
以其残缺的想象
诠释着最圆满的思想

苍穹上那弦弯月
斜斜地挂在天南

喜欢拿雪说事的人

我想
喜欢拿雪说事的人
他的心事
要么比雪还洁白
要么比乌鸦还漆黑

我又想
喜欢拿雪说事的人
他的灵魂
要么比雪还冰冷
要么比火还炽热

喜欢拿雪说事的人
哀青春易逝
叹人生苦短

把前程畅想成一条河流

我曾经把前程
畅想成一条河流
在日夜兼程中
一往无前
一条河能走多远

放飞畅想

高天厚土
风吹草低

太阳从远古走来
走成一道抛物线
走成人间诸多不平
留下过多的是非曲直
忧伤与期盼

"全力打造'三环四通'"
粤西昂然放飞了畅想

畅想不会制造谎言
也拒绝与梦呓对话
只与"通途梦"结缘
情真意切

在纷纭的世事中
精准构思原点
抵达终点的跨越
让梦想轻盈往返
不舍昼夜

旷野之爱

旷野之爱
是把自己化作
川流不息的河流
滋润万物
承载幸福

旷野之爱　还在于
忍受钻心的疼痛
让推土机　挖土机
残酷地开膛破肚
爱心天地可鉴

旷野之爱
更执着于爱心传递
敞开宽广的胸襟
让爱纵横驰骋
让梦想成真

旷野之爱
大爱无疆

这人间四月天

春娇嗔地扭着小蛮腰
很不情愿　孤独离去

看她风韵犹存的样子
泄露了瓜熟蒂落的心事

四月　阳光静好　遍地柔情
四月　泥土温润　滋生梦想

怨妇的欲望　绽放在绿叶的枝头
少女的芳心　荡漾在艳丽的花蕊

四月的情怀热烈　奔放
四月的相思辽远　绵长

蝴蝶与蜜蜂舞成弧形之美
雕塑着人世间爱恋的图腾

此时　远天漫游着缕缕云霞
可是春挥动着道别的彩巾

劳动最神圣

翻阅人类进化史的绚丽篇章
我突然发现　劳动是多么的神圣
劳动不仅造就了人类的双手
还创造了人类自身
这是数千万年人类进化的辉煌

劳动开启了人类智能
劳动创造了人类文明
中华文明五千年一脉相承
生生不息——
从伏羲明道到精卫填海
从女娲补天到大禹治水
从秦皇一统到汉武首开丝路
从张骞出使西域到汉唐盛世
从富庶大宋到繁华明朝
从冶铜铸剑到发明火药
从造纸技术到活字印刷

从指南针的运用到郑和七下西洋
…………

勤劳智慧的中华儿女
向人类奉献了旷世的文明成果
中华五千年文明源远流长
奔腾不息　浩浩荡荡

勤劳智慧令世界多姿多彩
看寰球楼宇林立　人间天堂
望卫星翱翔太空　宇宙奇观
观蛟龙五洋捉鳖　世界奇迹
览沧海千帆竞发　蔚为壮观

勤劳智慧装点湛江大美
金沙湾观海长廊　犹如维系在
大海颈脖上的彩带　迎风飘荡
湛江体育中心　好像蹦出贝壳的珍珠
闪烁在海上丝路节点和东海之滨
湛江人民大道　敞开了城市的博大胸襟
如海纳百川　迎天下游人　四海宾朋
湛江港　昼夜不停地挥动擎天巨臂
奋力书写湛江经贸的传奇诗篇
霞山黄金海岸和中澳友谊花园
是汗水浇灌的金色收成与鸟语花香
湛江海湾大桥　乃汗滴与太阳耳鬓厮磨

烂漫成一道跨越海天的彩虹
如果说　世界是一张白纸
那么　劳动就是一支五彩之笔
如果说　地球是一堆尘土
那么　劳动就是一颗丰硕之果
如果说　幸福是一种感受
那么　劳动就是一种幸福品尝

啊　劳动最伟大　劳动最神圣
啊　劳动创造文明　劳动创造幸福
我们要用劳动这雄伟嘹亮的交响乐
催圆中华民族伟大复兴的中国梦

我的梦里水乡

我的梦里水乡
我的并非如烟的乡愁
如水般在我的梦中流淌
演绎成幽怨绝伦的诗章

二月的风　搂着春意
款款而来　柔柔地
抚爱着河岸的纤纤细柳
轻轻地穿梭在蒙蒙烟雨中
烟雨缠绵　挂肚牵肠
松一阵紧一阵　拉扯着
我梦里遥远的故乡
"春风又绿江南岸，
明月何时照我还。"

江南漫步　梦里流连
看堤桥荷莲纷飞燕

寻亭阁绣户青花瓷
觅唐诗宋词墨客书香
往事前尘　今生所处
总在朦胧梦境中
愁情幽幽

秋雨绵绵　柳絮飞
曲曲琵琶浅吟低唱
黏住了几多缠绵几多惆怅
梦里的江南女子
紫衣素颜　娉娉婷婷
撑一把红色油纸伞
在窄窄的石板路　款款而行
总走不出那深深雨巷
浓浓情愁

我的并非如烟的梦幻
总有一群大雁往南飞
背负蓝天白云和太阳
撒一路长长的幽怨
飘落在我如梦的故乡
在那静如明镜的水面
倒映的辽阔天空
留下淡淡雁影

我的梦里水乡
总荡着缥缈的雾
把我的记忆幻化成梦
我在一幅浅淡的水墨画里
驾一叶扁舟　晃晃地
荡入我梦里的故乡
听轻音如幻江南韵
望晚霞轻吻紫炊烟
看青山荡漾清流间
悟人生如梦草一秋
但求此生能为
"长河落日圆"

今宵风急雨冷

今宵风急雨冷
夜不能寝　独倚寒窗
孤魂随风远去　寻寻觅觅
心境碎成雨滴
芭蕉点点滴滴　淅淅沥沥
弹奏凄凄惨惨戚戚
声声悲韵　满腔惆怅
此时我看见宋代那个女词人
凭三杯两盏淡酒
顶着晚来风急　寻寻觅觅
却是一片冷清　冷冷清清
文物何去　亲人何方
怎一个愁字得了

我与照姐同病相怜
一个家仇国恨
一个汉语精灵

像秋叶一样的世事

撤出时间概念
深入事物本原
像秋叶一样的世事
洋洋洒洒　掠过辽阔的世面

暮秋连接着的宿命　牵涉着欲望
有世俗的尘埃　灰烟　谎言
像秋叶一样的世事
世事即佛事

佛　让时光　将那些不堪的过往
像对付垃圾一样　彻底清洗
让善意　慈悲　悉数回到初始
回到释然的内心

像秋叶一样的世事
洋洋洒洒　掠过辽阔的世面

被佛祖 ——清点
悉数 收入囊中

这个季节需要一些云彩

这个季节　阳光楚楚
那湾古老的溪流　水草丰茂
有水鸟出没　在捉迷藏　瞬间
一只尖叫蹿起　蘸着清水
在天空画一道弧线　猛地
插入密密的草丛　此时
古溪两岸　野花热烈而妩媚
招蜂引蝶　与之频频接吻　窃窃私语
此刻　老溪缓缓淌着　录走了全部内容
我想　这时候　如果有一两朵云彩
轻轻飘过　抑或　悬在天上
那该有多写意

这个年纪的诗篇

这个年纪　容易触景生情
也往往是情生于景触　自个儿
自言自语　自问自答　自暴自弃
有时只问不答　让神灵指点迷津

这个年纪　酿造的诗意也容易稀释
淡化　淡成问君能有几多愁
恰似一江春水向东流　或许
能流向很多渴望的心灵

这个年纪　与幼稚风马牛不相及
一些想法　与深思熟虑如出一辙
这个年纪　对问题纠缠不放
一些看法　绝无难言之隐

到了这个年纪
所有事都应轻易放开　包括

一些想法　一些想象　也包括
　人世间的死死生生

一大群鸟在天上飞翔

一大群鸟在天上飞翔
从天南飞到天北　又从天北折回天南
循环往复着　像一块迎风飘扬的抹布
把天空擦拭得瓦蓝瓦蓝　如倒挂的海洋

一大群鸟在天上飞翔　天马行空
独往独来　放开　野性　意气风发
那强劲的翅膀　拨响宇宙之音
让天上人间　雅俗共赏

一大群鸟在天上飞翔
离人间渐远　向天神靠近
悄悄越过天界　越过想象　披着
阳光　雷雨　彩虹

乌木之寒光

一

我的目光与乌木相遇时
触碰到咄咄逼人的寒光

我隐约感受到　一股股
强烈的怒气与怨恨……

二

那场突如其来的天崩地裂
埋没了你的正直和伟岸

在亿万年冰与火的熬煎中
你以另一种方式生长

三

你吮吸着黑色的光芒
长成黝黑的皮肉与魄魂

你噬食着坚硬的岩层
长成了钢筋铁身

四

你在逼仄的生存空间里
辟开地球绕太阳公转的想象

你在以另一种方式生长时
更多的是生长怨恨……

记忆的碎片（外二首）

记忆的碎片
碎成了满天星光
总在寂寞的夜闪烁

这沉淀的岁月精华
这浓缩的人间乡愁

城市

城市的呼吸　越来越粗重了
足以把沉睡轻易喊醒

城市的目光　越来越明亮了
它在搜索着风的去向

挤成一团的城市　变得烦躁了

正努力地争着向上长

我想　城市要向哪里长呢
天上不是星星就是白云

城市的夜我总失眠
默默听故乡的清风抚莲花的声音

啄木鸟

还要老调重弹
笃笃笃　啄木鸟
在给病树诊断
看来这树病得不轻
原先枝繁叶茂
怎么突然就蔫下去呢
看那树皮斑驳　叶子飘黄
笃笃笃　啄木鸟
适时加大了力度
旁敲侧击　声东击西
终于找到了突破重点
瞄准要害　露出锋芒
狠狠地啄　啄啄啄
把利器探进去
拖出了条条肥硕的蛀虫

曝露在光天化日之下
曝露在死亡线上
树木终于起死回生
森林终于起死回生
生成伟岸挺拔　郁郁葱葱
笃笃笃　笃笃笃……
那无边的丛林　依然
响彻这警示般的
美妙之音……

小小飞燕

小小的飞燕
在风中低吟
引纤纤雨丝
织明媚春天

小小的飞燕
翱翔天地间
叼太阳光芒
绣七色彩虹

微笑

——写在 2008 年北京奥运会期间

微笑　是一种友好
微笑　是一种包容
微笑　是一种尊严与自信

这个秋天　在世界的东方
北京在微笑　中国在微笑
第二十九届夏季奥林匹克运动会在微笑

为了这个充满阳光的微笑
十三亿人民同一个梦想
一百年梦寐以求

最令人感动和难忘的
是一百七十万志愿者的微笑
也是十三亿中国人的微笑

微笑　是一种友好
微笑　是一种尊严和自信
微笑　更是一种信心一种自豪

| 一首诗的诞生 |

仰望廉石

廉石矗立
树历史丰碑
擎起朗朗青天
廉明光照天地

明镜高悬
映湖光山色
荫护芸芸众生
清风荡涤尘世

仰望廉石
涌悯民情愫
胸怀拳拳爱心
激扬爱国情思

廉石如磐
蕴人间清风

凝成浩浩底气
永葆社稷根基

谒清风亭

在这个高度上
你仍要飞翔
亭亭玉立
诠释高贵与烂漫

与你相伴的是阳光
和阳光下的缕缕清风

在你的身旁
清风抚慰着小草
蜜蜂亲吻着花蕊
还有小鸟在歌唱

坐拥清风林园间
湖镜定格你的端庄

为抵达一种高度
你接受极限的挑战
为荫护宁静
和宁静中的温馨
你栉风沐雨
安然从容　甚至
不惧雷暴的疯狂

在你的身边和更高处
拥簇着广阔墨绿的生命
从这里　潺潺流出
缕缕和煦的清风

咏青竹林

清一色的家族
在清风中亮节
齐整的高高的队列
诠释着高洁和凛然

这种姿态　注定令世界仰望
并在每个心灵中恒久地生长

你站在不太高的地方
却与一些高度保持平衡
松柏　木棉　紫薇　榕树和凤凰
与你多么友善而亲近

挑战无处不在
你积极应对　且很坦然

把根更深地扎入泥土

让阳光爱抚得更加光鲜
使生命更显丰满锃亮
是你一生的心愿

| 一首诗的诞生 |

长江之歌

远古苍茫　冰山雪水
六千三百余公里天和地①
一百八十万平方公里云和月②
长江之水天际流　亘古奇观

一条拱起脊梁
穿越时空的巨龙
在世纪的风云之上飞翔
在飞翔中　一个个朝代
潦草收场和匆忙开张

在狂奔和躁动不安中
悉心清点着　历史
匆促的脚步　累计
历朝历代帝王的气数　默默地
储蓄其放荡不羁的霸气

那一气呵成的万里豪情
演绎古战马的嘶鸣　透出
刀光剑影和血雨腥风
在摧枯拉朽的行径中
古风徐徐　尘埃落定

山高水长　峰峦叠嶂
一根古弦　弹奏千古绝唱
巴山蜀水　一帧精美画卷
天府之国尽显堂皇
荆楚之域　"楚塞三湘接
荆门九脉通"　盛产智慧之星
吴越之地　旧石器时文化初现
源远流长　独领东方神韵

从历史的深处走来
被编纂为历史的封面
江波涛涛　云卷云舒
演绎江山如此多娇

注：①长江干流全长6300余公里。②长江流域面积约180万平方公里。

一首诗的诞生

必须搞些胡言乱语的勾当
用一生的力气
把活脱脱的方块字捣得稀巴烂

经过一些复杂的工序
制成一张张空白
一双双纤纤之手
精心折叠　折叠成

展翅蓝天的鸟
劈波斩浪的船,以及夜空中
那颗明亮的星星

我所熟悉的和陌生的

我所熟悉的　是
日月　星辰　高山　大地
以及那无处不在的生活
这些庞然大物　占据了
我活跃的空间　我的思想

因此没了回旋的余地　变得
麻木　慵懒　我常常试图
让一些非分之想　从逼仄的生活中
迸发出来　走向广阔　靠近陌生

然而　那陌生的事物怯怯生生的
且精灵般飘忽不定　稍纵即逝　难以捕捉
我却淡然　欲擒故纵　她那陌生的姿态
多么迷人　令我眼前一亮　点燃了
我思想的火焰

遇事　我总与自己商量

我不是主观性很强的人
遇事　总能与自己商量
且态度诚恳　气氛融洽
每件事情都办得很顺畅

遇事　能够与自己商量
说容易也容易说难也难
难　就是要三思而后行
易　然后自己一锤定音

遇事与自己商量就是对
自己多问几个为什么
抑或自个儿思量着该怎么办
是所谓商量的全部内容

雷州地貌

惯于翘首东望
望那四季常开的浪花
那粗壮挺拔的颈部
托举着南海辽阔的墨绿
对面的海南岛
在乘凉，很惬意

那抑扬顿挫的线条
勾勒历经沧桑的家园
那浓墨重彩的一捺
渲染着季节的氛围

更多的呈现出突兀与张扬
彰显野性与强悍

初心不改

这颗心的初始　就与
日月星辰　高山流水
结成血缘关系　一种情怀
达到了沸点　铸成了永恒

自从有了她　就心无旁骛
心安理得　心如止水
此生无悔　来世无憾
比人生的誓言深刻

灯楼角

近代百年
灯楼角　历史的
叹号与句号　见证
华夏积贫积弱　以及
南海沸腾的幽怨
灯楼角　一抹世纪的阴影
笼罩着　一个民族的心灵

盐田

把大海切割成
豆腐方块　轻轻地
摆放在这南方之南
让太阳飘成北方的冰雪
飘成品尝不尽的韵味

簕古

你以沧桑的姿态站成
苍茫海岸　站成
天南的一尊生动的活化石
你那坚韧的根系之手
与海岸相依为命　紧紧地
抓住风雨飘摇的命运
你以斑驳的躯干为尺
丈量南方的天高地厚

珊瑚礁

在人世间　竟有
另一个世界　深藏大海
碧空流云　四季如春
催生异草奇花　七彩斑斓
珊瑚礁　凭光阴之手
牵来丝丝彩虹　借翔鱼为针
绣成这辽阔的烂漫　定格为
南海　永恒的璀璨

退潮了

退潮了
大海娘娘　大胆地
脱去那件蓝蓝的衣裳
露出了丰盈的胸脯
夕阳用手指轻轻地揉着
把自己揉成了大红脸
诗人的即兴　也被渲染得
精彩而豪爽

退潮了
大海从容地敞开
内心的慈爱与苍茫
收拢着无数索取的目光
风携带的咸腥味很诱惑
撩拨着渔姑那颗狂野的心
此刻　她们以娴熟的动作
对大海的无私与慷慨

——清点　签收
鱼篓里　蹦跶着
诗人的长短句

退潮了
渔姑们的情绪
正在涨潮　诗眼
闪烁成满天星光

秋冬之间

在秋的苍茫之上
立着的冬形单影只

披一袭雪白的风衣
碎步　款款而至

犹如中国古代那位
凄凄惨惨戚戚的女词人

试问人生能有多少愁
仿如落叶纷纷又一秋

难忘旧时秋月明
伊人远在水一方

大雁北飞留怨声
故园南望思红颜

秋到冬是如此苍茫
令恋人望眼欲穿

月牙弯弯当耳环
双手摘下送红颜

在秋与冬之间　牵扯
一截长长的思念

蓝色的诗笺

我立于云端之上
北部湾敞开的胸襟
犹如一页　湛蓝蓝
漫无边际的诗笺

这辽阔的诗笺　荡漾着
蔚蓝的诗意　彰显着
北部湾最原始的底色
此时　海潮涌起　如诗潮澎湃
翻飞的鸥鸟发着诗的语音
雨点般飘散　飘向很远很远

那穿梭如织的小渔船
是诗笺中的动词和意象
船舱里的那大堆鱼狂蹦乱跳
闪烁着亮晶晶的诗眼

站在云端上俯视北部湾
大海比天空蓝得可爱而动感
展示南国辽阔而生动的蓝
蓝成了漫无边际的诗笺

海的幽灵

暮色渐浓　大海
波澜不惊　碧波鳞光闪烁
海之幽灵显现　这是
夜的光线　串成的晶莹

此时　大海睡眼蒙眬
而其内心却躁动不安
像在酝酿一种想法　一种
突发奇想　与风无关

在风的揉合下　星星　还有
那弯月光　与大海打成了一片
我中有你　你中有我　不分
彼此　难解难分

大海　没有黑暗的概念
她在黑夜中发光

北部湾

立于云端之上
北部湾尽收眼底　犹如
一方甘于寂寞的池塘
此时的北部湾海岸
像极了一个晃悠的摇篮
正哄着婴儿北部湾
渐渐地进入了梦乡

在北部湾海岸温馨的
庇护下　北部湾的梦
是如此蔚蓝　蓝蓝的海天
彰显充满禅意而神秘的意蕴
那鸥鹭用翼尖蘸着海水
在天空欢快地画着
大小不一的弧形　幻化为
情窦初开的浪花

此时　鸥鸟凄厉的喊声
重重地　落在渔船　惹得
满舱鱼儿活蹦乱跳　在
太阳的照耀下
闪着银光

涨潮

没有预兆
就这样没头没脑地
一波一波地盖过来了

此刻　北部湾在上演一场
水涨船高的把戏　演绎
后浪推前浪的闹剧

那股独领风骚的潮头儿
面对白皙皙的沙滩公子
产生了怜香惜玉的心思

此刻　正忘情地舔着
沙滩公子那洁白的肌肤　那
迫不及待　垂涎三尺的模样

狂野地将沙滩公子

搂入怀里……

此时的北部湾　海
已爬上了最高处

人间之爱

第三辑

山妹子

把羞答答还给月亮
留洁白和绵绵柔情
火速热烈而不失洒脱
是太阳的诚心奉献

山那边吹来的风
把发丝吹成道道波纹
同时吹走了
山的孤僻和山的纳闷

掬一把清甜的山泉
洗刷世俗的偏见
撕一片飘来的云朵
缝成属于山寨的白色幻想

不再以歌谣传情
手拉着手　肩搭着肩

架起友谊的彩桥
爱情在旋转中生长

山溪弹奏着城乡的交响
舞步踏平隔绝的鸿渊
山妹子成了城姑娘哩
却多了一分山的质朴
山的风韵

多情的海湾

男人下海去了
把情思留给海湾
留给那一双双
潮湿的眼睛
那许许多多出海的日子
堆起的许许多多思念
一半留给海滩和相思林
一半留给自己的女人
捕鱼人虽有大海的心胸
却装不下那丝丝柔情
那溢出的长长的情丝
一头拴紧桅杆
一头系着女人的幻想
抛向那蔚蓝的梦乡
捞起一舱舱活鲜鲜的日子
同时捞起了女人的等待和
男人深深的思恋

南方　出嫁的女郎

婚期迫近了
你的心律在加快加剧
是羞怯　是激动　是向往
或许更多的是悲欢交集

闺房的生活也许你还在留恋
你却尝够了孤独淡漠的滋味
恋人炽热的相思梦
烤熟了你含情脉脉的年纪

婚期迫近了
应省的都省去吧
包括婚礼和美容师
你懂得应如何打扮最美丽

婚期迫近了
应办理的都应办理

包括那镶银镀金的"囍"
据说这是美好的标志

一切都筹备就绪
一切都瓜熟蒂落
你来不及道一声再会
便匆匆而去
南海　留下你迷人的英姿

姑娘,请不要……

姑娘,请不要对我含情地笑,
此刻我是多么的忧郁、烦恼。
十多个春秋的荒废和虚度,
我的心呵,有如火烧火燎。

多少次,你曾对我甜言蜜语:
我们结合吧,你会感到爱的美妙。
你那真诚的亲吻,
未能消除我心中的忧愁。

姑娘,爱情固然是甜蜜的美酒,
怎能把我饥渴的心肠填饱?
如果我已经沉醉,
就会失去明媚的春晓。

姑娘,请不要嫌我感情淡薄,
它已丰富了我的事业和创造。

姑娘，我的爱并没有冷却呀，
它正和我的理想一同燃烧。

如果把人生比作奔腾的长河，
爱情应是飘荡在水面的轻舟；
如果把人生比作优美的诗行，
爱情或许是句末的逗点和省略号。

姑娘，请暂不要对我含情地笑，
以往的岁月已经把我折磨得够呛。
面临着百花争艳的时光，
我要用分秒垒起知识的高楼。

我把爱情交给鸟儿传递

一个夜晚　在一片被称为
世外桃源的山林里　我把
爱情交给了一只鸟　传递
那时　正是阳春二月　虽
乍暖还寒　却是春意浓浓

密林下　月亮悄悄撒下几
把细碎的银子　林子　忽
地晶莹起来　此时　那只
显得有些图谋不轨的鸟儿
抖动着翅膀　用尖细的嘴
梳理着光滑滑的羽毛　然
后压低声音叫了几声　那
怯怯的天籁之音　在林子
里轻轻荡漾　那声音　在
林子的外围兜了个圈　又
在林子的内部拐了两个弯

然后小心翼翼地在一个虚
掩的沁出灯光的窗户上停
留片刻　继而　顺着灯光
从虚掩的窗棂上钻了进去

终于　那扇窗户完全敞开了
显然　她把鸟语收入囊中
那耀眼的灯光亮透了山林
世外桃源盛满了鸟语花香

把握不住的"永恒主题"

我信奉"千里姻缘一线牵"
的说法　并且坚信不疑
却总把握不住这"永恒主题"
这让我对爱情报以莫名的消极

我把爱情看作是烫手的山芋
总是听天由命　不思进取
面对女士的秋波频送　我
总是避而远之　拒之千里

面对趋之若鹜的异性追逐
助长我对情爱的自暴自弃
尤其是对"开放""暴露"者
更是心生厌倦　嗤之以鼻

我依然随"缘"而安　漫不
经心　安于职守　守株待兔

自然便是　竹篮打水
空空如也　我"情"事堪悲

我默认"情人眼里出西施"了
叹人世间怎一个"情"字了得
于是我寻找眼里的那个西施
谁才是我心中的红颜知己

我被迫回到爱情的原点上去
把握住了个中的秘密玄机
在一个月色浪漫的夜晚
我终于嗅到了真爱的气息

亲爱的　你是……我是……

岁月静好　月色溶溶
星光灿烂　艳花飘香
亲爱的　你是月　我是天
你永远挂在我的心窝上
亲爱的　你是花　我是蜂
我们永远相依相亲相吻
亲爱的　你是鸟　我是树
你永远在我的绿荫下歌唱

当生活的风浪骤起
生命的大海涌起惊涛骇浪
亲爱的　你是船　我是桨
我们紧抱着破浪抵达彼岸
亲爱的　你是云　我是雨
我们共同画出生活的彩虹
亲爱的　你是水　我是山
山水永恒　地久天长

农历五月歌

农历五月歌
一支幽邃的招魂曲
或仰天长啸
或长歌当哭

五月歌的词
是《离骚》的章节
五月歌的曲
是汨罗江溅起的浪

五月歌的旋律
悱恻而绵长

英年早逝者挽歌

昙花一现的烂漫
流星般地陨落
从生命狂长到消殒
给予世界足够的惊喜与创伤
你的事业　从秋季起程
而你的生命　却从
阳春直抵冬寒

你用暂短的一生
求证了一种宿命
你的暂短的一生
留给人们绵长的怀想

也许你厌倦了
这阳界的喧嚣
决意地到天堂去
歇息一下困顿的身心

或许你采用逃避的方式
残忍地离去
残忍成一种极度的伤害
令生者悲痛的心难以抑制滴血

你无辜地选择诀别
正是以一种极端
挑战生命的极限

你以有限的时空
舒展着无限智慧
制造惊世骇俗的绝唱

而你　悄然隐去
消失在尘世的视线
天庭上　那闪烁的星光
可是你忙碌的身影

我常常心存忧虑

面对青山绿水的祖国
身处鸟语花香的家园
我常常心存忧虑
萌动莫名的悲伤

那本线装的祖国
洋洋五千页的典籍
我不厌其烦地研读
研读她的古老和壮美
研读她的积贫积弱
研读她的苦难和屈辱
研读她的战火刀光
研读她的多灾多难
研读她的崛起与复兴

我的盛满幸福的祖国

我的充盈欢乐的家园
我的一生注定要
游离在你的身旁

我的年届九十的父亲走了

一

我的年届九十的父亲走了
同时　带走他卧床五年的苦难
同时　留给我们绵长的思念和悲哀

我的年届九十的父亲哟
就那么轻轻地被绊了一下
便重重地跌倒了
一倒就再也站不起来

啊　一条人命
怎不比一条野藤坚韧
一根草都能跌断牛脚骨
一条人命怎就这么脆
说倒就倒下了

倒下就再没站起来

父亲倒下了
倒在我们独辟蹊径的孝道上
以一种独特的方式　度日如年……

再也站不起来的父亲
躺在我们悯爱的心上
躺在生长死亡的摇篮里

弥留之际　父亲使尽了浑身气力
把嘴张开　最终还是无力地合上
把五年的话憋在肚里
憋成他一生最大的谜语……

二

我的年届九十的父亲走了
走得并不匆促的父亲
以一种特别的方式
检验我们作为子孙的孝义

我的年届九十的
只轻轻地被绊了一下
便重重地跌倒的父亲走了

留给我们沉重的记忆——

父亲单枪匹马闯入这个世界
肩扛一家三代老小的命运
驾着高脚牛车逐日追星
在雷州赭红的古道上风来雨去
啊　父亲　那车轴发出的凄厉喊声
可是您心中长长的悲戚

西风烈　红尘飞扬
天涯路上　父亲赤脚奔走
与穿鞋的牛牯竞跑
用脚步丈量劳碌的人世

啊　父亲　半岛上那道道闪电
可是您挥舞的牛鞭
啊　父亲　红土地那滚滚雷鸣
可是您喝牛声声……

我的年届九十的父亲走了
同时带走他一生的苦难
同时带走他所有的遗嘱
留给我们是深深的遗憾……

（农历己丑年父亲魂归天堂四十九日祭）

沉痛悼念李瑛老师

您　一片叶子　从绽放到悄然
飘落　经历了九十三个雪雨风霜
人们向您默默致哀　崩泪
亲朋向您深深鞠躬　悲痛

《我骄傲，我是一棵树》
一棵树就是辽阔的春天啊
您把生命的春天献给了祖国
献给了人民文艺的百花齐放

我的《生命是一片叶子》
一片叶子就是辽阔的春光啊
正值春光明媚　您却选择离去
把春天的美好留给祖国与人民

在您光辉的一生中　多少次了
您以诗人的名义为人民鼓与呼

您用诗的激情歌唱《我的中国》
深情抚慰久经沧桑的祖国母亲

一片叶子　已完成一次光辉轮回
悄然飘落了　回归于您思恋的根
让一棵大树重发新枝　枝繁叶茂
让一片叶子青翠欲滴　春满人间

浓稠的月光

那时节
一切都在淡化,包括
那无处不在的空气

淡得很锋利的风
被触摸着的秋天
沙沙沙地四处飘荡

阳光淡化得失去分量
四季的轮回因此没了平仄

浓稠的月光下
是一些朦朦胧胧的事物
和大面积的压抑,以及
时光也化不开的阴影……

怀念一棵荔枝树

在村东邂逅
邂逅成一生的情缘
敞开宽阔浓绿的胸怀
接纳我半生不熟的思想

雨伞般的拒绝与容纳
我想象着你影子般的根部
以及根部以上的茎粗叶茂

你与风悄悄交谈
总表露着风度翩翩
偶尔,也有情绪波动
却始终保持从容而淡定

清晨,一声鸟鸣把你唤醒
同时把属于你的那片阳光叼走
你认为这是天公地道
不予理会

千年瑶寨

在广东连南
我的目光所及
是一座鹤立鸡群的
比山还高的
千年瑶寨

沿着夕阳的引荐
踏着黄昏的光线
拾级而上　步步
深入古寨的实质
及其过往身世
发现寨子伤悲的
古往今来

大山情

那缭绕的轻纱
可是你绵绵的情丝
那串串闪光的露珠
可是你多情的泪滴

呵　大山
牵魂绕梦的大山
在五月甜甜的雨季
我扑进你的怀里

呵　粤北
我踏上你诗的土地

每条崎岖的小路
都可通向奇妙的现实
每片翠绿的叶子
都可找到春天的秘密

每一声鸟啼
都可吸到诗的灵气

呵　大山
我流连在你诗的宫殿

那鲜艳芬芳的山花
我读到你的美丽
那巍巍挺拔的云杉
我读到你的丰腴
那古老美丽的传说
我读到你的神奇
那展翅腾飞的山鹰
我读到你的英姿
那奔腾不息的北江
我读到你的豪气

呵　粤北
那缭绕的轻纱
可是你的绵绵情丝
那串串闪光的露珠
可是你多情的泪滴

呵　别了
我的五月多梦的季节

我的五月甜甜的雨

再会吧　大山

请收下我一束诗的敬意

（1989 年 5 月 31 日写于韶关）

梅关情

雄关弯似残月
熏世代尘烟
关口为历史瞳孔
洞察人间恶善

梅岭压岁月沉沉
梅花傲沧桑漫漫
关壁斑斑驳驳
凝多少苦雨凄风

悬崖边

半点的胆怯和战栗
也会诞生死亡
只一步的失误
便酿成一种悲壮

风很残忍
雨很残忍

悬崖边的峭壁上
一棵古老的松树
巍巍然
以墨绿呼啸生命

在孤寂的天宇中
诠释空灵
便愿我是一棵崖松
以坚韧突进岩壁

迎风雨写我人生……

绝不会坠落
绝不会
坠落的只是我的种子

在深深的涧谷
繁衍出茂密的森林

(1989年10月3日写于乐昌金鸡岭)

大足石刻之美

大足石刻之美
人间真善之美
中华艺术之美
人神合一之美
鬼斧神工之美
华夏文明之美

人间何为辉煌
唯大足石刻之美
——聚天下佛教之灵光

人间何为绝唱
唯大足石刻之美
——集世间杰作之神奇

大足石刻之美
美在"凡佛典所载

无不备列"
美在"神的人化和人的神化
达高度统一"
美在华夏文明以绝美姿态
穿越时空穿越历史……

| 一首诗的诞生 |

平遥古城

平遥古城
一尊凄美的
历史雕像

西周土墙
明代青砖
垒就绝世经典

巍巍城池
古风徐徐
诠释东方神韵

巡游城中
如穿行时间隧道
光阴风速般倒流

历史深处

古色古香
鲜活的明清容颜

活力高新，魅力家园

——江门高新之歌

江门高新，活力高新
一九九二年的那个春天
涌起你澎湃的春潮
令你水起风生

江门高新，魅力家园
一九九二年的那个圆圈
圈成你滚动的车轮
让你奔腾直前

诗意重庆（组诗）

雨夜游长江

雨夜　长江游轮上　迎接白昼
悠悠两岸　生长着火树银花
小雨润物　令其越发茂盛

重庆中央公园

尽情放宽胸襟
放宽　再放宽　直至
把整个重庆搂入怀中

纤夫的故事

一条粗大的麻绳　深深

镶入胸肌　锁紧命运
身体倾斜
脚下是不平的世道

重庆文化创意园

文化　在这里　彰显
灵性与深邃　形神俱佳
沉重　飘逸　却不张扬

巴渝民俗博物馆

时光腌制过的民俗
登上了大雅之堂
与历史平起平坐

诗人的爱恨

诗人的爱恨
是从心底里
涌出来的
泾渭分明

涌成一道激流　那
荡起的一个个旋涡
便是一首首
爱恨充盈的诗篇

神性是诗的翅膀
意象是诗的灵魂
思想是诗的远方
勤奋化作诗的星光

大海之恋

大海　是悬挂在宇宙脖颈上
一枚蓝宝石　在清风中晃动
那琉璃般剔透的肌体及纹理
仿佛阳光透视下的一滴露珠

为寻找大海扑朔迷离的身世
我骑幻驾梦巡视宇宙洪荒
造访蜿蜒于华夏大地的千万河流
大海母性地容纳游子浩荡的眷恋

在大海的摇篮里　我常常放飞冥想
宇宙天体　日月星辰　近在咫尺
它们血缘般维系着天地的苍茫
我感叹人世间渺如微尘

我在大海的怀抱仰望星空
侧耳聆听波涛的脉动　沸腾的幽怨

从大海紊乱的颤动与幽幽怨语中
读懂她的博爱与内心深邃的悱恻

我常陷入孤寂　于海边姗姗而行
大海向我袒露洁白无瑕的心事
向我奉上簇簇蔚蓝的抚爱
我报以深深浅浅的诗行

| 一首诗的诞生 |

三月的哀思

农历壬寅虎年
三月十二日　星期二
我们的九十八岁的母亲
安详地与世长辞　驾鹤西去
留给我们的是无尽思念
以及思念中揪心的悲痛

三月十二日　星期二
母亲执意选择这个日子
蕴藏神秘的禅意与玄机
天赐母亲予黄道吉日

在母亲的人生字典里
书写着"奉献"二字　奉献
给我们十兄弟姐妹的血肉之身
奉献给我们养育与呵护
奉献给我们启蒙与智商

在母亲一生的字典里
书写着"耗尽"二字　耗尽了
美好的青春与奶滴　耗尽了
全身的血肉与骨髓　耗尽了
全部的恩爱与温暖　最后
化作一缕青烟　飘向天堂

母亲的后半生　与荣誉相伴
荣获"广东省十大杰出母亲"
"广东省十大最美家庭"
母亲的后半生　与鲜花共艳
荣获"全国最美家庭提名"
"全国第一届文明家庭"
母亲的一生　德为重　孝为先
铸成家族之魂　世代相传……

母亲用儿歌熏陶我们成才
在母亲弥留之际　我们多想
她再给我们唱一首儿歌呀
重现儿时给我们教儿歌的模样
留给我们人生最珍贵的念想
可母亲的眼睛已安详地闭上了
闭成了　我们心中永恒的疼痛

在送别母亲最后一程的路上
我们披麻戴孝　强忍悲痛
排成了长长的队伍——
长长的哀乐　一路向西方
长长的哀嚎　一路向西方
长长的哀悼　一路向西方

啊　母亲　我们智慧的母亲
啊　母亲　我们无私的母亲
啊　母亲　我们可爱的母亲
一路走好　走向欢乐的天堂

家国之情

第四辑

红星

一九二一年
长夜漫漫
一双巨手　抡起
沉重的铁锤
锻造镰刀
溅起
满天
星星

一九二七年
黑夜弥漫
一只巨手
用力一挥
千万只手
摘下星星
庄重地
镶嵌在

八角帽上
从此　人民
有了
子弟兵

枪杆子里面出政权

一九二七年八月
黎明前
南昌街头
一声枪响
红星　辉煌成
光芒万丈的
真理——
枪杆子里面
出政权

从此
"红星闪闪亮
照我去战斗"
"砸碎万恶的
旧世界
万里江山
披锦绣"

星火燎原

星星之火,可以燎原
燎原成
颠扑不破的
真理

真理如炬
点燃
铺天盖地的
硝烟——

从农村
到城市
从高山
到平原
从白水
到黑山

血与火
染红了
鲜艳的
旗帜

旗帜
映红
神州
大地

共和国丰碑

——礼赞深圳莲花山小平雕像

稳如一座江山
重与社稷等量

一尊小平雕像
一脉时代顶峰
命运三落三起
共和国几经沉浮

那一笔重重的圈点
搅动滚滚的春潮

一生喜欢快步行走
拽着祖国从贫弱走向富强

一个人与一个祖国

——庆祝中华人民共和国成立六十周年

我放飞一个人
与一个祖国的想象

"我是中国人民的儿子
我深情地爱着我的祖国和人民"

这是一个人对人民的深情
一个人对一个祖国的热爱

长夜里　擎举着的猎猎战旗
终于辉煌了一个人民共和国

常忧虑　为共和国的次次创伤
用智慧焕新一个祖国的形象

一个人与一个祖国
情未了　大海间　长相拥……

一个人与一个政党

一

一九二一年七月
历史的天空乌云密布
一艘篷船在嘉兴湖上默默飘荡
一个人用信仰把镰刀和锤头
镌刻成血红血红的旗帜
一个政党在血火中成长

从此,镰刀和锤头
在风雨中相依为命
从此,一个人与一个政党
在硝烟中获得永生

二

秋收起义
真理向世界宣告
革命要用枪杆子说话

井冈山的星星之火
燎原于"工农武装割据"
革命的真理
势不可挡地蔓延

遵义会议
一次生死攸关的会议
一个人开始主导
一个政党的前程

三

抗日战争
一个人运筹帷幄
高举的大手重重地挥过
刷新了一个民族的命运

解放战争
光明与黑暗作殊死较量

"得民心者得天下"
人民选择了光明

一九四九年十月
人民共和国的新纪元
一个人成就了一个泱泱大国的梦想
一个政党成长为一座巍巍的人民靠山

中华人民共和国七十华诞（四首）

一、祖国如日中天

一个人　年届七十
已是耄耋之年
中华人民共和国七十华诞
却是如日中天

二、黄河啊　祖国母亲

值中华人民共和国七十华诞之际
我把黄河比作祖国母亲
可爱的母亲啊　您奔涌的慈爱
承载我的初心之梦　奔向希望的远方

三、祖国永远在我的心中

祖国千条江河在奔流
那是我满胸的热血在涌动
奔腾的江河永远不会枯竭
祖国永远在我的心中

四、祖国啊　您是树我是花

祖国啊　您是七十个年轮的参天
大树　我是您绿叶中自由开放的
花蕊　在这春光明媚的大好时光
让我们共同创造更加繁花似锦的明天

鲤鱼墩人

我朝倒流的光阴隧道回望，窥见遂溪古老的文明之光。
——题记

这尾色彩斑斓的鲤鱼
这尾游姿优美的鲤鱼
八千年前　在某个河汊海口启程
穿越八千年水域的苍茫
累了　停在这里小憩
小憩成八千年的守望

透过八千年岁月沧桑
我看见鲤鱼墩人
在海滩和丛林追赶太阳
在漫漫长夜中捕捉星光

他们身材矮墩皮肤黝黑
身穿自纺自缝的原始衣服

并佩戴着精心磨制成
环形的鱼脊椎骨和
打孔串成的贝壳饰物
神态憨厚而矜持

鲤鱼墩人常在海边撒网捕鱼
打捞着鲜美而富足的生活
那小小的网坠重重地落入海里
溅起了高高的浪花
鱼们在网里狂蹦乱窜
他们也兴奋得手舞足蹈
脸上写满丰收的喜悦

在那条蜿蜒汇入
北部湾的淡水河边
鲤鱼墩人正忙着烧制陶瓷
用毛蚶壳当画笔
在陶瓷的表面画上线条和花草
把单调枯燥的日子
装点得趣味横生

当海潮慢慢退去
当潮声渐渐远去
鲤鱼墩人的忙碌也来了
他们蚂蚁般拥向大海

又蚂蚁般把海产品搬回
有泥蚶　毛蚶　牡蛎
还有硕大的螺蚌
堆成了一座小山

他们用石锤敲开贝壳
取出鲜嫩的贝肉
放进陶器里生火煲煮
少顷美味便随炊烟飘出
他们便围拢上来按需享用
其乐融融

鲤鱼墩人既享受大海的恩赐
又受用着大地的馈赠
他们在丛林追捕着各种猎物
有黄猄　赤麂　水牛　野猪
他们把猎物去毛开膛后
投入火中烧烤
随着嗞嗞嗞的声响
那猎物便香飘四野
飘成了浓浓的年味

鲤鱼墩人习惯群居
他们挖柱洞作房子
同时也把墓坑挖在房子里

当生命走到终点时
即可入土为安
逝者的灵魂归天后
也要让身体留在家园
不愿离开

鲤鱼墩人的"屈肢葬"
传递人类祖先的文化密码
屈肢是胎儿在母亲子宫里的姿态
"屈肢葬"昭示了鲤鱼墩人
祈祷轮回转世的欲望

那时　鲤鱼墩人已懂得
制造和使用劳动工具
石饼　石斧　石刀　石铲
是他们最原始的杰作
经无数次的敲击而成形
击射出人类文明的
第一束火光

那八个鲤鱼墩人
在那束火光的照耀下
显得高大而丰满
看上去似乎年轻了八千岁
如果让他们穿上现代人的衣服

让他们回归鲤鱼墩所属的
遂溪县江洪镇东边角村
他们可能是该村劳动致富能手
凭着与生俱来的本领
赚钱　圆梦　出彩

遂溪奉诏建孔庙

南宋"乾淳之治"年间
孝宗皇帝赵昚下诏书：
"奉天承运，皇帝诏曰：
山东曲阜、广东遂溪、京都
和台湾四地钦许建造孔庙。
钦此 乾道元年二月廿二日"

八百多年前
遂溪奉诏建设孔庙
孔庙总占地方圆十多亩
庙堂建筑面积三亩余
庙宇青砖绿瓦雕梁画栋
庙内儒家圣迹辉煌

我沿中国文化根脉
沐宋雨明月清风
神访遂溪孔庙圣地——

庙堂一进为棂星门
仿木结构石牌坊
以棂星命名　意为
孔子乃天上星宿而降
以儒家思想教化苍生
弘德向善　倡导文明

庙堂二进乃戟门
石砖砌成的屏风壁墙
有"孔子先师"阴文
石刻像嵌于墙中
凸显厚重神圣
福泽众生

庙堂三进
东为承圣门
内奉祀孔子上五代祖先
西为启圣门
内奉祀孔子父母
中为大成门
主祭孔子夫妇
满门生辉

大成殿为孔庙主殿
殿内正中供奉孔子塑像

东西两侧是颜子　曾子
子思　孟子塑像
万千气象　栩栩如生
殿内正中上方乃悬
"万世师表"匾额
雕刻之精美　气魄之宏大
彰显儒学思想
闪烁儒家道德文明之光

文明港城　大美湛江

一

晨曦与落霞燃烧云朵的美
是多么壮丽而辽阔的美啊
港城的碧海蓝天透出少女的红晕
湛江的红土大地涌动着壮阔的春光

二

三十四年前　湛江凭"海"荣列沿海开放城市
利用得"海"独厚的港口与自然资源优势
乘改革开放强劲东风　万众一心　砥砺前行
建设人与人　人与自然和谐共处的美丽家园
看啊　观海长廊是系着大海的绚丽腰带
是港城独特的名片　城市亮丽的风景线
一湾五岛　是在翡翠上镶嵌的五颗宝石

在浩荡的南海闪闪发光　璀璨夺目

三

湛江港　昼夜不停地挥动着擎天巨臂
奋力地书写湛江海洋文明的传奇篇章
湛江以开放包容的广阔胸襟拥抱四海宾朋
用海上丝路支点撑起环北部湾中心城市的辉煌
海湾大桥挺拔的脊梁是港城坚硬的骨架
磐石般支撑着振兴湛江的信念与梦想
金沙湾集观海长廊　海上浴场
水上运动中心于一体　铺开了
碧海丽日辉映　绿叶繁花相拥的浪漫

四

湛江努力实施党中央乡村振兴战略部署
全面开创脱贫攻坚　乡村振兴新局面——
生态宜居美丽乡村建设如火如荼
产业振兴和精神文明建设成果丰硕
人民群众的获得感幸福感与日俱增
实现中华民族伟大复兴的中国梦
正鼓舞和激励着全市人民奋发图强

五

湛江物华天宝　自然与人文景观星罗棋布
十多万年前火山爆发锻造的"湖光镜月"
被地质专家誉为研究地球地质科学的"天然年鉴"
集自然景观与人文景观于一体的国家级旅游景区
收藏着亿万吨日月星光和世人惊叹的目光

六

八千年前　遂溪鲤鱼墩贝丘遗址
闪烁着人类文明的第一束火光
八百多年前　遂溪奉旨建孔庙
承传"人义""礼乐""德治教化"的儒学思想
如今又重建孔庙于遂溪孔圣山
蕴园林胜景　儒家文化　民间民俗之丰盈内涵
延中国数千年文明之根脉　铸面向世界之创世纪精品
立万代子孙之德育基地　营中华文明博大的精神家园

七

古雷州乃"天南重地"　西汉时在城南开设雷州港
登雷州古城　遥望汉时陶瓷之路悠悠
苍茫港湾之上　浩荡着唐代月色宋时季风

雷州乌石港　两千多年前海上丝绸之路的重要港口
渔港背靠房参岭　三面环海　集旅游度假观光于一身
面朝浩瀚大海　是一个历史悠久义化底蕴深厚的古老渔港
港上的落日观景台　定格着北部湾落日的壮美与永恒

八

徐闻古港　两千多年前海上丝绸之路的始发港
望汉城巍巍　汉旗猎猎　重现着彪彪大汉雄风
看出土的"万岁"瓦当　犹仰赫赫之汉德唐威
观八卦航标灯座遗址　仿见穿越时空的沧海明灯
徐闻灯楼角　汇聚着南海与北部湾的碧波绿浪
滋养着中国目前面积最大种类最多保护最完好的
"徐闻珊瑚礁国家级自然保护区"　令世界惊叹

九

吴川历史悠久　人杰地灵　文化源远流长
自古至今名人才俊辈出　墨客志士荟萃
林召棠　千年古镇一状元
麦国树　乾隆赐匾王者师
陈兰彬　刘华秋　百年外交两使人
张炎　李汉魂　张世德　戎马爱国三名将

吴川母亲河　江水清如镜　奔流不息
物华天宝　资源丰富　美食天堂
吴川飘色　泥塑　花桥为三绝
"六大之乡"①美誉扬四方

十

廉江八景：湖岭海江峰树寺园
是上苍着意安放的八颗璀璨明珠
在橙乡的青山绿水中闪耀着奇异的光芒

十一

啊　文明港城　大美湛江
一颗从大粤西冉冉升起的文明瑰丽之星
在长达一千五百五十六公里的南海之滨
闪闪发亮　闪闪发光……

注：①"六大之乡"即中国羽绒之乡、中国塑料之乡、中国民间艺术之乡、中国诗词之乡、中国月饼之乡、中国建筑装饰之乡。

毛竹的高度

井冈山的毛竹　密密麻麻地站立着
站遍了大大小小的山岗
站成了中国革命浩浩荡荡的队伍

井冈山的毛竹　翠绿　挺拔　伟岸
蓬勃向上　这是拔节中的中国革命
穿越血雨腥风　抵达天安门的高度

井冈山革命烈士陵园

在这个园子里长眠的烈士
是为保卫这座山而倒下的
他们都是一颗颗燃烧的星火
把旧世界的漫漫长夜照亮

他们的尸骨虽已化成了泥土
与这片红色土地抱成了永恒
然而　他们那纯洁崇高的英魂
早已化作苍穹上那闪亮的星光

茨坪毛泽东旧居

一九二七年十月　毛泽东率领
秋收起义部队抵达这里　掀起
艰苦卓绝的井冈山的斗争
迸发出了　光芒四射的
"工农武装割据"崭新思想
把中国革命道路照耀得如此通亮……

井冈山革命博物馆

收藏在这里的　都是
历史的风霜雪雨　都是
血与火　爱与恨　忠诚与信仰

收藏在这里的　都是
革命的真理　英烈的灵魂　以及
人民的心碑　共和国的丰碑

日常生活（组诗之一）

世俗

红尘滚滚中　世事
是藕断丝连的乡愁
是母亲剪不断的脐带
是日出日落的轮回
是圆了又缺的月亮
是中国古代四大发明
是中国农事二十四节气
是华夏五千年文明
包括老子的《道德经》
包括孔子的《论语》
包括李时珍的《本草纲目》
包括收集六万零三百七十个汉字的
《汉语大字典》

滚滚红尘中　世俗
是晨曦中草尖上的晶莹
是溶溶月色下蟋蟀的歌唱
是丛林繁茂的鸟语花香
是那弯跨越天际的彩虹
是母亲呼唤着我的乳名
…………
巍巍江山是世俗的身躯
太阳月亮是世俗的目光

世态

很多时候　世态与炎凉
站在一起　被勾勒成了
马致远笔下的那幅图画

只是　不见枯藤没有昏鸦
只是　难寻古道难觅瘦马
唯睹秋风落叶　夕阳西下

世态的身世令人质疑
世态的内心难以捉摸
世态的温度不冷不热
世态的脾性不卑不亢

世风

世风与日下达成默契
在通常情况下形影不离
在某种场合出双入对
令世人愤然　嗤之以鼻

世风　依然我行我素
行踪诡秘　无孔不入
刚潜入烂漫花丛
又现于众目睽睽

世风公然挑战清风
悄悄混入清风阵营
试图混为一谈
却难逃自然法则的惩罚
世风　正走向日下

世事

世事纷纷
世人忧忧
理还乱的世事
忧上忧的世人

世事有家国的味道
世事有历史的沧桑
世事有国之忧
世事有家之愁

九百多年前
一位哲人说：
"先天下之忧
而忧……"

日常生活（组诗之二）

风

行踪诡秘　无孔不入
形托赋万物　魂附于天地
春　吹遍野花开
夏　唤万鸟啼鸣
秋　抚瓜熟蒂落
冬　洒满天严寒

风　幻化于无形

雨

滴滴答答
答答滴滴
这是天对地

语重心长的叮咛
神圣的天籁之音

雨　在广阔的天地
匆匆行走　寻找着
溪流与江河　大踏步
远涉重洋

雨滴　如木鱼声声
点醒天地梦

雷

惯于天上行走
总那么风风火火
雷霆万钧　老天爷的
警世名言　春天
临盆的第一声
啼鸣

电

常常怒不可遏　不由分说
把天撕成道道裂缝
让雨瓢泼满地

日常生活（组诗之三）

春风

与轮回前生有约
借湖为镜　用纤纤玉手
为岸柳梳妆打扮　然后
悄悄然　绿过江南岸

夏雨

天脚下的云层
越堆越厚　猛然间　一条银鞭
重重抽过　用奔跑的脚步
丈量大地宽广　江河悠长

秋叶

飘落的姿态很凄美　很伤感
悠悠然　翻飞着　画着小小弧形
一别三回望　总诉不尽别绪离愁
总道不完绿色梦想

冬梅

在冰清玉洁的意境里
绽放成傲骨的英姿　尽情地
展示这个季节的旷世惊艳　永远
保持着迎春的模样

日常生活（组诗之四）

宇宙

其实是无穷的渺茫　万古
洪荒　如日月星辰不朽
其实是无限的虚无　无路
无途　空即色　色即空
无界无疆　无中生有

江河

朝着远方的目标　义无反顾
奔腾向前　彰显前进的力量
不可阻挡　以生命追求梦想
寓欢乐于歌唱　用激昂磅礴
绽放辉煌　地久天长

高山

生来高高在上　欲与天公
试比高　还试图用世人的
"高山仰止"　丈量天之高
海之深　却难以丈量人性的
高度　山高人为峰

大海

描写大海的佳作名篇　浩如
烟海　多颂其兼收并蓄　容纳
百川　老子曰：江海所以能
为百谷王者　以其善下之……以
其不争　故天下莫能与之争

江河入海赋

一

一条条昂头摆尾的长龙
悄然钻入阴森森的洞
这是一条条把身体露在洞外
不停地扭着身躯往里钻的巨龙

二

在入海口　江河挣脱了
堤岸的束缚　如脱缰之马
拥向苍茫的海洋　深入了
生命的辽阔而永恒

三

此刻　江河与大海　以经典方式
拥抱　诉说与生俱来的缘分
那些随流而下的生灵　以传统方式
相互握手　问候　相见恨晚

四

大海敞开着　容纳着不息的
川流　默默消解着自身的苦楚
看啊　那悄然泛起的涟漪
是大海绽放的笑容

五

啊　那条条昂首摆尾的巨龙
是大海难以割舍的脐带与希望

与大海相伴

生长在北部湾畔
与大海朝夕相处　印证了
耳濡目染的说法
我的目光被活生生地
拓宽　扩张　拉长　再拉长
足可围绕地球转上三圈

我与生俱来的胆怯　故步自封
抑或患得患失　也被海浪调教得
雄性　旷达　果断　狂野
像那小山似的浪头　毫不犹豫地
狠狠砸向浪谷　又把另一座浪峰
轻易地抛上天空　抛向遥远的地平线

我学着大海把胸围放宽　再放宽
宽得足以装下天高地厚　欢乐与忧伤
与大海相伴　我诗歌的蓝连接着海天
牵动地球经纬　连接日月星辰……

镶嵌在祖国大地的璀璨

犹如雨后斑斓夺目的彩虹
犹如银河系闪烁的星辰
华夏古老而年轻的地名
是镶嵌在祖国大地的璀璨

天安门　受命于天而安
乃上天之意　民心所向
门正中悬挂毛泽东画像
乃人民共和国伟大象征

大上海　位于长江入海口
巍巍然　屹立在东海之滨
站圆陀角览大江之波滔滔
登寅阳楼赏江海日照壮观

五羊城　乃广州的别称
古老传说化作五羊雕像

彰显广府文化源远流长
诠释粤地历史凄美沧桑

大湾区的天空

粤港澳大湾区
被一束新世纪之光
串成亮晶晶的梦

梦如银河系般璀璨
大湾区"世界级城市群"
"海上明月共潮生"

伶仃洋上　高天悬彩笔
蘸日月星光　浓墨重彩
大湾区的锦绣前程

"谁持彩练当空舞"
舞成了　粤港澳大湾区
环环紧扣的经济之链

连接美国纽约　旧金山

日本东京　连接世界经济
共同体的生命线

"一带一路"　地球的经纬
紧紧维系世界的正能量
——人类共同发展命运

我立于苍茫的宇宙之端
纵观银河涌动　气势磅礴
气象万千

此刻　大湾区在银河系上
扬帆起航　奔向银海
奔向彼岸……

港珠澳大桥畅想

这是祖国放飞的巨龙啊
在伶仃洋上　昂首翱翔

这是中国创造的辉煌啊
光芒接日月　辉耀星辰

这是世界级跨海大桥啊
悠悠百里长　卧波枕浪

这是骨气智慧的组合
龙的传人挺立的脊梁

这活灵活现的蛟龙啊
腾跃于沧海与蓝天间

这魅力四射的蛟龙啊
穿越海底与碧波之上

华夏各族子孙　骑虹驾龙
手握闪电为鞭　策龙飞腾

港珠澳大桥接丝路
伶仃洋波浪连五洋

这活力四射的蛟龙啊
这横空出世的彩虹啊

彩虹如椽　蘸碧海蓝天
书写大湾区的神奇篇章

等待

一种充满希望的淡定与自信
抑或恒久的向往与守望　等待
这未知领域　或许会辽阔为一生

小时候　在那物资匮乏的年代
我常常在饥饿中经历着难以忍受的
等待　等待是多么的残忍　刻骨铭心

在我的生命中　有一种望眼欲穿的等待
那便是江河奔向大海的执着与梦想
经历着无数的曲折　险滩与跌宕

把我与太阳月亮星辰连接起来　我便有着
长长的一生　有着不竭的动能与不灭的光亮
我就能昼夜兼程乘风破浪奔向理想的彼岸

在我的生命里　有一种永恒的等待

等待着挫折的造访　失败的如期降临
等待着机遇的眷顾　成功的意外光临

在人生的长路上　等待是征程的驿站
战略战术的调整　沉着而冷静的思考
这是人类人智若愚的最佳历练与涵养
是智者对世界问题疑虑的片刻迟疑
是众人皆醉我独醒的忧虑陷入的深思
更是不鸣则已一鸣惊人的气定神闲

在颠沛的征程上　偶尔的停顿与小憩
在喧嚣的大海里　那片刻的风平浪静
在浩瀚的银河系　洒下的流星的光芒

后　记

　　近日，我利用写长诗的空隙，把多年散见于诸报刊的诗篇整理结集出版。这几乎是作家们的常规做法，意在对自己的创作成果让读者进行一次检阅与评判，也是对自己的作品作一次总结。我之所以把本诗集中一首诗的题目《一首诗的诞生》定为本诗集的书名，其中一个重要原因，就是当我重新翻阅每一首曾经变成铅字的旧诗作时，脑海里总会浮现出这首诗的诞生过程，以及在这个过程中经历着的分娩的疼痛与诞生的欢愉。其实一首诗诞生的过程，就是诗人的诗性的自我完善与升华，也是诗人的情感、想象与诗意饱和的自然外溢与挥洒……

　　我把收入本集子的一百三十多首诗分为四辑，分别为故园之恋、尘世之咏、人间之爱、家国之情。"故园之恋"收集的是书写苦涩童年及怀念祖母的篇什，如《稔子，紫色的梦》《饥饿的阳光》《怀念祖母》《八月的雨丝》《番薯·八月的故乡》《这些年　我不曾离开故乡》；"尘世之咏"是励志与情感激扬的诗篇，如《我追逐着晚霞》《我们这一代》《夏雨·暴风》《理想的航标》《蝴蝶飞过大海》等;"人间之爱"主要是对逝者的怀念,如《英年早逝者挽歌》《我常常心存忧虑》《我的年届九十的父亲走了》《沉痛悼念李瑛老师》等;"家国之情"主要是对领袖的歌颂、对英烈的敬仰与对家国深沉的爱,如《红星》《一个人与一个政党》《井冈山革命烈士陵园》《镶嵌在祖国大地的璀璨》《大湾区的天空》《港珠澳大桥畅想》等。这些五味俱全的情感汇聚,彰显着世界与人生的多样性,而我向往的正是多样性的诗意与多姿多彩的诗意人生!

作　者
2022 年 4 月 6 日